BUCARESTE-
BUDAPESTE:
BUDAPESTE-
BUCARESTE

BUCARESTE-BUDAPESTE: BUDAPESTE-BUCARESTE

Gonçalo M. Tavares

O
oficina
raquel

© Gonçalo M. Tavares, 2019
© Oficina Raquel, 2020

EDITORES
Raquel Menezes
Jorge Marques

ASSISTENTE EDITORIAL
Mário Félix

REVISÃO
Oficina Raquel

CAPA E PROJETO GRÁFICO
Raquel Matsushita

DIAGRAMAÇÃO
Julio Cesar Baptista

Dados internacionais de catalogação na publicação (CIP)

T231b
Tavares, Gonçalo M., 1970-
Bucareste-Budapeste : Budapeste-Bucareste / Gonçalo M. Tavares. – Rio de Janeiro : Oficina Raquel, 2021.

107 p. ; 21 cm.

ISBN 978-65-86280-77-7

1. Contos portugueses I. Título.

CDD P869.3
CDU 821.134.3-34

Bibliotecária: Ana Paula Oliveira Jacques / CRB-7 6963

Este livro segue as novas regras do Acordo Ortográfico da Língua Portuguesa.

Todos os direitos reservados à Editora Oficinar LTDA ME. Proibida a reprodução por qualquer meio mecânico, eletrônico, xerográfico etc., sem a permissão por escrito da editora.
Este livro teve apoio da Direção-Geral do Livro, dos Arquivos e das Bibliotecas

oficina
raquel
www.oficinaraquel.com.br

REPÚBLICA PORTUGUESA
CULTURA
DIREÇÃO-GERAL DO LIVRO, DOS ARQUIVOS E DAS BIBLIOTECAS

*dedicado a Luís Mourão (1960-2019)
professor universitário, estudioso
da literatura portuguesa um homem
rápido, inteligente, generoso*

ÍNDICE

**BUCARESTE-
BUDAPESTE:
BUDAPESTE-
BUCARESTE   9**

**A FOTOGRAFIA –
HISTÓRIA DO
VAMPIRO
41 DE BELGRADO**

EPISÓDIOS DA VIDA DE MARTHA, BERLIM 63

NOTA SOBRE O PROJETO DAS CIDADES 103

BUCARESTE-
BUDAPESTE:
BUDAPESTE-
BUCARESTE

I

Chegados de Budapeste. Dois vultos de noite. Duas manchas escuras sobre uma grande mancha escura. Mas as duas pequenas manchas escuras agem, têm um objetivo; a noite, essa — a grande mancha escura —, tudo indica que não; não tem objetivo.
 Primeiro destroem o cadeado. A fechadura da porta do armazém é robusta. Utilizam o fogo. Depois um empurrão entusiasmado, dois corpos contra um portão alto e largo, mas já sem fechadura. Igual a uma pessoa indefesa: um portão indefeso; fechadura partida.
 Os dois homens entram para um novo escuro, um escuro mais pequeno, fechado, organizado. É dentro da noite, mas fora da noite. Sabem bem o que procuram, os dois homens. Há muitos objetos guardados no armazém, mas os dois homens não vêm visitar, não estão perdidos. Já sabem o que querem. Ali está.
 A luz da lanterna torna evidente o que do outro lado a enorme estatura da coisa torna também evidente. Luz de um lado e proporções gigantes do outro. Está ali, murmura um dos homens.
 Aproximaram-se. Tiraram tudo da frente.

Tarefa difícil. Muitos objetos guardados. Objetos valiosos — algumas peças em ouro. Mas não era disso que eles estavam à procura. O que agora, sim, tornava mais estranha esta incursão noturna, este assalto: quando alguém não quer ouro, e o despreza, então quer algo ainda mais poderoso, e tal desejo assusta. Não é precipitado recear os homens que ignoram o ouro; faz sentido receá-los mais ainda do que aos homens obcecados por esse metal.

De fato, não. Os dois homens querem apenas aquele objecto enorme, com mais de dois metros.

Um dos irmãos procurou e encontrou um banco. Colocou-o junto ao enorme vulto que se constituía como o único foco daquele crime. Era uma estátua, eis que tal é já evidente. E é essa estátua que eles pretendem. Porém, a enorme estátua está rodeada por um plástico que a cobre por completo. É necessário confirmar que aquela é a estátua. Seria um desastre roubar a estátua errada. Um dos irmãos sobe então lá acima. A sensação é igual à sentida no velório quando se vai olhar pela primeira vez para o rosto do morto para confirmar se é mesmo o morto; se a cara do morto ainda se consegue identificar com a do vivo.

É o irmão mais novo que sobe ao banco. Lá de baixo o outro diz-lhe, baixinho, para rasgar, à força, com as mãos, o material que cobre o rosto da estátua. Depois tapariam tudo de novo, sem qualquer problema.

O homem mais novo está já defronte de um plástico e adivinha-se do outro lado, coberto, um rosto. Com as duas mãos e um tremendo esforço, ele abre o invólucro a meio na zona que anuncia o rosto da estátua. Atrás desse plástico há ainda um outro. A cara da estátua ainda não se vê.

São vários plásticos — diz o irmão mais novo lá de cima.

Cá em baixo, entretanto, o homem dirige a lanterna para a zona onde dez dedos voltam de novo à intensidade brutal.

Os plásticos são grossos, ele nunca conseguiria rasgar mais do que um de cada vez.

Continua! — murmura o irmão cá em baixo.

O segundo plástico está rasgado e há ainda um terceiro. É o último, parece.

É o último — diz o irmão lá em cima.

Em frente! — diz o irmão mais velho, o que está em baixo e que aponta a lanterna em direção ao rosto da estátua ainda tapado.

Lá em cima, ainda antes de uma ação brusca, encosta-se o último plástico ao rosto da estátua. Lá em baixo aponta-se a lanterna com precisão.

É ele? — pergunta lá em cima o mais novo.

O mais velho, em baixo, faz a mesma pergunta. É ele?

O irmão mais novo está mais perto do rosto, mais facilmente confirmaria ou não a expectativa.

Não dá para ver — diz, no entanto, lá de cima.

E não dava. Com o plástico encostado ao rosto e a luz a incidir sobre o plástico ainda não se conseguiam perceber bem os traços. Aquela estátua, naquele momento, poderia ser ainda de uma pessoa qualquer; estava tudo em aberto.

Era uma pessoa, sim, o irmão mais novo confirmava — sentia com as suas mãos o nariz de pedra, a boca, os olhos, o bom trabalho do escultor. Era um homem, não era outra coisa. Mas podia ainda ser qualquer homem. Tinham quase a certeza, mas era necessário confirmar.

Recuperado dos esforços anteriores, o irmão mais novo rasgou então o último plástico. Finalmente o rosto da estátua estava visível.

É ele? — perguntou outra vez, ansioso, o irmão mais velho.

A sua lanterna apontava agora para a nuca do irmão que, sem se aperceber, estava entre o rosto finalmente a descoberto da estátua e os olhos ansiosos do irmão mais velho.

De novo a pergunta veio lá de baixo:
É ele?
Sim — respondeu com uma voz sumida, lá de cima, o irmão mais novo.

Era a voz de quem acabara de apanhar um susto. A voz tremida. E tal era estranho, pois ele vira o que esperava. Era o rosto procurado.

É ele? É ele?

Lá em cima o irmão mais novo afastou-se e deixou que a luz da lanterna lá de baixo incidisse no rosto da estátua.

Agora, sim, estava claro para os dois. Era o que procuravam. A luz da lanterna parecia tremer no momento do reconhecimento daquele rosto. Como se na posse de um movimento minúsculo, mas de grande intensidade. Uma pequena luz à volta de um rosto.

É ele! — ouviu-se lá de baixo.

O foco de luz marcava agora aquele rosto como se o tocasse. Os traços, que no primeiro olhar pareciam gerais, tornavam-se, a cada segundo que passava, indiscutíveis. Haviam encontrado o que procuravam. Era o rosto de Lênin, sem dúvida.

É ele. É ele.

A

De comboio entre Bucareste e Budapeste

1. O comboio avançou, a lua alta, Miklós olhou para o relógio: o vidrinho partido, o ponteiro das horas desaparecera.

2. Não sabes as horas, Miklós, então olha pela janela. Vê a luz.

3. Pensamento ligado às questões difíceis suspenso, pois agora Miklós canaliza toda a sua energia intelectual e também os seus dedos, a sua mão evoluída: tenta abrir a janela. Não consegue.

4. Este comboio — este comboio está a cair?

5. O funcionário não respondeu.

6. Claro que não está a cair — alguém disse.

7. Nenhum veneno deixa de ser uma espécie de aprendizagem: o corpo está perante o estranho, altera-se;

aprende, no limite, o que antes não sabia: como se morre.

8. Estás no lugar do noivo, Miklós, à espera. Mas ao que aí vem chamam medo. Noiva indesejada.

9. Dói pensar; baixas, pois, a cabeça quase como se a tentasses esconder. Mas não podes deixar de pensar. Alguém ligou uma coisa, antes de tu chegares, e agora és incapaz de a desligar, de fechar. E essa coisa que não és capaz de desligar está no teu corpo.

10. Fabricar a estrutura de Deus, pensa Miklós. Imaginar primeiro. Depois desenhar, a seguir encomendar materiais. Porém, na realidade Miklós simplesmente não consegue abrir a janela.

11. O colapso da vontade, que estranho: como é silencioso.

12. Como se o mundo não fosse mundo, mas um filme: podes entrar nele, mas não podes tocar nas coisas: nada alteras. Estás como morto no meio de um filme: não são materiais misturáveis, tu e o mundo.

13. Como se tivesse esgotado a capacidade de diálogo com o próprio corpo, Miklós sentou-se. Desistiu.

14. O cérebro não está no sítio certo.

15. A civilização construiu-se a partir das paragens. A velocidade é incivilizada, é brutal, coisa não humana. Só parado o homem constrói, pensa Miklós.

16. Miklós participa timidamente no que fazem as suas mãos. Estas batem com força na parede da frágil madeira da carruagem. Há algo que se quebra. A mão sente, mas está lá ao fundo; ele não. Magoa-se na própria mão como se alguém lhe tivesse sussurrado um segredo: ele ouve mal. É como se a mão estivesse longe. A sua mão dói longe de si próprio.

17. Incluir no mundo a mão que já não sentes e, portanto, excluí-la do teu corpo ou incluí-la nos efeitos de uma qualquer especialidade da falta de memória? Eis o que formula Miklós, sem entender bem o que lhe está a suceder.

18. Miklós grita: a minha mão! Alguém, entretanto, a passo rápido pela carruagem diz: Chegamos, o comboio está a parar. De Bucareste a Budapeste.

19. Musculatura e depois velocidade exterior: metros por segundo. Entre a sua mão e o comboio que para, a atenção de Miklós, hesitando. Uma certa dor furiosa e do outro lado uma novidade. Onde estamos?

20. Essa pergunta que sempre fascinou: onde estamos?

21. Apesar de tudo, não podes fazer perguntas a partir de um sítio estranho ao teu corpo. É o teu corpo que pergunta.

22. Infantil. Tirar medidas do que te assusta. Por exemplo: o comprimento do demónio. Apaziguas um

milhar de medos com uma única régua; mas somos racionais porque receamos.

23. Miklós pousa o pé numa área, espaço físico. Nem demasiado forte nem demasiado medroso.

24. Para o meio! — alguém diz. Mas o meio parece já ter sido ocupado por uma máquina. Para o meio como? — alguém pergunta. Está lá uma máquina. A máquina ocupou o meio. Miklós sai do comboio. Esquece o que estava a pensar.

25. Vinte e cinco degraus. Miklós contou. Vinte e cinco degraus de uma escada. É uma escada demasiado alta, não é esta. Não corresponde à fotografia.

26. Sabe que a sua mãe morreu. Recebeu ontem a notícia. Quer trazê-la de volta para a sua terra. Enterrá-la junto à casa, em Bucareste, de onde veio.
E onde está a sua mãe morta? Em Budapeste, no cimo destas escadas.

II

O roubo fora simples. Já ninguém ligava à estátua de Lênin. Os dois irmãos haviam utilizado as ferramentas necessárias e suficientes; e nesta categoria poderia incluir-se o tempo.

Foi necessária uma outra noite para que o fogo bem dirigido fosse desgastando a base da estátua. Ninguém os importunou. A estátua fora relegada para um armazém fora da cidade de Bucareste. Nos arredores.

A informação de que o armazém estava sem guarda fora recebida por eles, do outro lado da fronteira, em Budapeste. Alguém abandonara primeiro a estátua e mais tarde alguém abandonara o armazém onde estava a estátua. A estátua no armazém para ser esquecida, e depois de esta ser esquecida eis que se poderia esquecer o próprio armazém. Técnica antiga, a das bonecas russas: uma camada por cima de outra camada e de outra, até que o interior desaparece; é esquecido.

A estátua era ainda importante pois a memória dos homens ainda funcionava. No entanto, por fora, no que podemos chamar de camada seguinte, o armazém apresentava-se como um recipiente pouco excitante; e o recipiente onde, por sua vez, o armazém se encontrava — um bairro nos arredores longínquos de Bucareste — era ainda menos relevante.

Assim, esquecida de todos, num canto insignificante dos arredores de Bucareste, ali estava: a estátua de Lênin.

B

1. Em Budapeste, Miklós procurava simplesmente uma escada e para a identificar trazia apenas uma fotografia — tudo o que tinha. Não era uma escada imponente, bem pelo contrário. A fotografia que Miklós trazia era uma pista ou um sinal no limite do invisível. Alguns degraus da escada de um prédio, prédio comum — pelo menos assim parecia. Encontrar essas escadas seria talvez possível, mas era exigida muita paciência.

2. Em Budapeste as piscinas são a água possível, dado não haver mar. Mas a água a 38 graus centígrados (ou mais) passa a ser outro elemento líquido — uma sopa para onde se dirigem uma espécie de ingredientes voluntários, homens e mulheres; humanos que apenas dão sabor ao caldo. Depois saem, horas mais tarde, intactos e, quem diria, revigorados.

3. Mas os húngaros inventaram distrações originais e alegrias corporais privadas entre muitas outras mais viradas para o convívio animado. Alegrias e convívio desenvolvidos subaquaticamente; só a cabeça acima da

água pode observar a mudança do tom do céu quando o dia, sem egoísmo, prescinde da sua claridade.

4. Claro que Miklós não tinha saído da sua casa nos arredores de Bucareste para ir aos banhos, nem para encontrar uns certos degraus e depois chorar junto deles. Tratava-se, sim, de encontrar alguém que vivera num apartamento que começava no sítio em que os degraus terminavam. Mas, sem morada e sem nenhuma outra indicação, o que restava a Miklós era essa foto de seis degraus; e a sua tarefa confundia-se então com a de um louco — tocando às campainhas e inventando desculpas para poder observar as escadas de cada prédio.

5. Ao fim de algumas horas, Miklós via-se já como um taxinomista, um Lineu de degraus. Conhecia as suas diferentes inclinações. Concluía com um olhar rápido de que material eram feitos e percebia ainda, com facilidade, se alguma vez as escadas haviam sido recuperadas ou se ainda se apresentavam com a aparência original.

6. Em cima dessas escadas que procurava, vivera até ontem uma mulher — a sua mãe.

III

O problema maior era o do transporte. Se ninguém dava já atenção à estátua de Lênin guardada num armazém de uma província secundária, certamente que o mesmo não sucederia se a estátua fosse posta, por assim dizer, em movimento.

O movimento era uma forma de tornar visível o que a imobilidade antes transformara em coisa inexistente.

Era completamente absurdo pensar que seria possível percorrer vários quilômetros e depois passar a fronteira com a enorme estátua de Lênin na parte de trás da caminhonete.

Os dois irmãos sabiam bem o que fazer. Tudo fora planejado com tempo.

A encomenda tinha dois meses e o dinheiro que receberiam daria para a vida inteira. O plano tinha sido estudado levando em conta todas as questões.

Se eles fossem apanhados a transportar a estátua de Lênin, não escapariam à prisão. Todos o sabiam.

O que de imediato ficara decidido, logo nos primeiros momentos do planejamento, é que a estátua não seria levada inteira para Budapeste. Bucareste-Budapeste: um longo caminho.

Foi por isso que, na mesma noite, vários trabalhos se fizeram naquele armazém.

O mais brutal foi este: com uma serra de disco elétrico adequada à resistência do material, os dois irmãos, um de cada lado do potente instrumento, separaram a cabeça de Lênin do resto da estátua.

O trabalho durou muito tempo, já que a pedra era de uma resistência invulgar. E, de dez em dez minutos, os dois irmãos tinham de parar para descansar. Nesses pequenos intervalos tentavam estender os músculos que a tensão do esforço parecera encurtar.

Fizeram este trabalho às escuras, ainda no armazém. E, de certa maneira, o fato de não verem o que estavam a fazer tornava aquele trabalho idêntico a qualquer outro. O que fora assumido como uma precaução que os defendia de qualquer visita inesperada — não haver luz — era afinal, talvez, mais uma defesa para eles próprios: estavam a cortar a cabeça de Lênin, a separar a cabeça do resto do corpo.

Até eles, que eram relativamente novos, se vissem claramente o que estavam a fazer, ficariam chocados. Estavam a cortar a cabeça de Lênin!

E, de qualquer maneira, a precaução de eliminar a luz era totalmente inconsequente, pois, ao mesmo tempo que nada davam a ver, muito se faziam ouvir, uma vez que o barulho da serra a cortar a pedra pelo pescoço era perfeitamente distinguível no meio dos discretos barulhos noturnos. No entanto, estavam longe de tudo. Não seriam importunados.

O trabalho acabou com o irmão mais velho dando o golpe final, enquanto o mais novo segurava, com as mãos e com muito esforço, a cabeça de Lênin, a pesadíssima cabeça de Lênin. Foi o irmão mais novo que, em plena escuridão, pousou a cabeça de Lênin no chão do armazém.

Depois de a pousar, subitamente começou a tremer. Mas estava escuro; ninguém viu.

C

1. A sua mãe podia ter mudado de morada, mas, se ele localizasse as escadas da fotografia, estaria certamente no caminho que um dia tinha sido o da própria mãe — e tal seria um enorme salto: que sabia ele das suas origens? Sabia apenas, se a isso se pode chamar saber ou conhecimento — sabia apenas *aquela* fotografia. Sabia uma imagem. E, com trinta e sete anos, o passado e as origens interessavam-no bastante mais do que as inúmeras músicas que o seu violino virtuoso ainda poderia aprender.

Era músico, mas a sua mãe desde ontem estava morta.

IV

Depois de recuperarem do esforço, de imediato investiram num esforço maior. Teriam de colocar o corpo da estátua na caminhonete que o irmão mais velho conduziria.

Com o auxílio de alavancas e de material adequado, conseguiram pôr o corpo da estátua de Lênin na parte de trás da caminhonete. Além dos plásticos que já o cobriam originalmente, taparam o corpo com dezenas de cobertores. A caminhonete de caixa aberta levava agora o que, à primeira vista, parecia um amontoado disforme de roupa usada.

Se por acaso a caminhonete fosse mandada parar, e tal aconteceria certamente na fronteira, e a polícia da alfândega se detivesse no seu conteúdo, o que ali estava basicamente era pedra; pedra apenas.

Porque o mais extraordinário é que aquela estátua sem a cabeça poderia ser a estátua de uma pessoa qualquer. Nada na parte de baixo da estátua a identificava. Ninguém poderia saber que aquela era a parte de baixo de Lênin.

Estava tudo na cabeça. Toda a identificação da estátua estava na cabeça e tal não deixava de produzir um calafrio enorme nos dois irmãos. Tanto mais que as dimensões do corpo da estátua — mesmo sem cabeça — eram significativas. Mas era a cabeça que a identificava. Era nela que estava o perigo. Apenas devido à cabeça poderiam ser descobertos e presos. O resto era insignificante.

Porém, o plano fora preparado ao milímetro. O irmão mais velho partira já, conduzindo a caminhonete que na parte de trás levava o corpo de Lênin. Partira em direção à fronteira. Para Budapeste, onde o milionário que os contratara esperava.

Para que queria o milionário a estátua? Que lhes interessava a eles isso? Não era uma questão para gente como eles. Tinham recebido a encomenda de um trabalho; estavam a cumpri-la.

O irmão mais novo, esse, pusera com todo o cuidado a cabeça de Lênin num cesto que, de fora, era semelhante a um vulgar cesto de transportar fruta ou alimentos. Colocara a cabeça ali e rodeara-a primeiro de jornais e depois de maçãs, enchendo por completo o cesto. Abriu e fechou duas vezes o cesto. Cada vez que o abria, deparava com fruta por todo o lado. Só se alguém vasculhasse por entre as maçãs é que descobriria algo lá no meio, duro de mais para ser alimento. Só se alguém sentisse o peso do cesto é que estranharia.

Prendeu pois o cesto à parte de trás da bicicleta. Era este o plano. Ele, o irmão mais novo, teria a grande responsabilidade de transportar a cabeça de Lênin. Levava o que era mais perigoso, o que daria certamente origem, se descoberto, à sua prisão.

É que se o conteúdo da caminhonete do irmão mais velho fosse averiguado poderia causar estranheza, mas não estaria ali explícito qualquer crime grave. Alguém transportava a parte de baixo de uma estátua de um lado para outro da fronteira. Pedra apenas. Talvez roubada. Mas pedra apenas. Quanto à cabeça, não. Todos reconheceriam a cabeça de Lenine. Era um crime. Um crime material, moral, psicológico e histórico. Era um crime grave, difícil até de circunscrever legalmente. Ultrapassava até a ideia de crime puro. Era algo bem mais intenso. Por isso mesmo, a bicicleta era o meio de transporte ideal. De tal forma inocente e ingênuo que constituía a melhor maneira de fazer passar pela fronteira a cabeça de Lênin. A cabeça de Lênin ia passar a fronteira de bicicleta! Quando nisto pensava, Joachim, o irmão mais novo, quase ria. Contudo, de imediato, recuperava a seriedade e pensava então se tal tarefa não desafiaria demasiado o destino ou um qualquer observador moral invisível que ele aprendera a recear.

Em termos práticos, o peso impunha respeito, mas a tarefa era exequível. O mais velho partira já de caminhonete. Ele ficara para trás. Era isso o combinado. Primeiro passaria a fronteira o corpo, muito depois a cabeça.

Entre o corpo e a cabeça estariam várias semanas de diferença. Mais de um mês. O tempo suficiente, esperava-se, para que a eventual descoberta de uma estátua sem cabeça não originasse a expectativa de uma cabeça por aí a chegar.

O esforço de Joachim, o irmão mais novo, o fortíssimo irmão mais novo, era impressionante.

Ainda nessa noite pôs-se a caminho, um caminho que levaria mais de quatro semanas a percorrer. Lá ia ele por estradas principais ou secundárias, a pedalar em direção à fronteira, levando, no cesto da bicicleta, muitas e muitas maçãs e ainda a importante cabeça de Lênin.

D

1. Em Budapeste, a Europa confirma ser, em arquitetura, um continente de baixa estatura; o rio Danúbio manda e a cidade é feita de ruas paralelas ou perpendiculares à água principal; como se esta fosse um Deus antigo. Nenhum edifício cresceu demasiado. Tal crescimento foi deixado aos homens húngaros, que são altos e largos — talvez efeito dos pratos enormes de comida que parecem incluir neles próprios uma narrativa, com acontecimentos que se sucedem. Aqueles pratos não se comem de uma vez como numa refeição comum, pelo contrário. À frente deles há a necessidade de uma decisão semelhante à do narrador: por onde começo? Que parte deixo para o fim?

2. Miklós alugou um carro e leva já a sua mãe no banco de trás, morta.
   Encontrara as escadas e, no topo dos degraus, uma porta onde uma velha guardava o cadáver recente de outra velha. Eram amigas, mas ele era o filho. Quero enterrá-la perto do meu pai — disse. E levou-a.

V

A passagem da caminhonete pela fronteira não foi mais difícil do que se imaginara. A necessária revista policial rapidamente percebeu que aquela não era uma mercadoria normal. Não era simplesmente pedra, era a parte de baixo de uma estátua.

Os dois guardas da fronteira, falando com um tom de voz discreto, que já anunciava o que pretendiam, brincaram um pouco com Rodaph, o mais velho dos dois irmãos.

Então, esqueceu-se da cabeça? Onde roubou isto? Então rouba uma estátua e esquece-se da cabeça?

Rodaph, ao mesmo tempo que se defendia murmurando que aquilo era apenas pedra, passava, com total discrição, uma quantia de dinheiro suficiente para convencer de imediato os dois guardas — um, mais alto, e outro, mais encorpado e de ar mais ameaçador.

Entre os três falou-se sempre num volume quase íntimo. Era o normal. Nada de novo. Era naquele tom de voz — que uma ou outra vez deixava sair uma frase inconsequente —, era ali, naquele diálogo, quase amigável, que se faziam os negócios. Não durou muito tempo, a conversa. A ninguém interessava que outros guardas se aproximassem.

Rodaph entrou para a caminhonete.

Avance! — ordenou o guarda mais encorpado.

A caminhonete avançou, primeiro muito lentamente, depois, mais à frente, a um ritmo normal. O corpo de Lênin acabara de passar a fronteira.

E

1. É proibido transportar um cadáver no banco de trás de um carro, mesmo que alugado, porém cobertores e jornais tapavam qualquer vestígio, e Miklós pusera ainda a música do rádio muito alta, como se o som pudesse atenuar em parte o cheiro que se começava a sentir.

A verdade é que, pelo menos para ele, parecia resultar.

VI

Com a cabeça era diferente. Ninguém, por dinheiro, algum se deixaria subornar para deixar passar a cabeça de Lênin. Não se tratava de uma questão de preço. Era uma questão que associava uma consciência histórica à percepção clara de que seria um crime inadmissível ser subornado para deixar passar, de um lado para o outro da fronteira, a cabeça de Lênin.

BUCARESTE-BUDAPESTE: BUDAPESTE-BUCARESTE

(epílogo I)

Um mês e três dias. Eis a diferença de tempo entre a passagem da carrinha conduzida por Rodaph e aquele momento em que o seu irmão mais novo, Joachim, de bicicleta, foi mandado parar por dois guardas.

Com um simples aceno de mão passara o controle do outro lado, segundos antes. Uma bicicleta apenas!, teriam certamente pensado os guardas do outro lado da fronteira.

Mas do lado húngaro foi mandado parar pelos mesmos guardas que semanas antes haviam negociado com o irmão: um, mais alto, e o outro, o mais encorpado e de ar mais ameaçador.

No outro sentido não vinha ninguém. A situação estava de tal forma calma que dos dois guardas se aproximou ainda um terceiro. Os dois camaradas não estavam pois sós — a aproximação de um outro colega anulava qualquer hipótese de chantagem ou de negociação. Não era possível qualquer negócio, estavam reduzidos à necessidade de cumprir o dever.

Que traz no cesto? — perguntou o guarda de ar mais ameaçador.

Joachim desmontara da bicicleta, segurando-a com um vigor que tentava disfarçar (como pesava a cabeça de Lênin!).

Podemos ver...? — o guarda, o mais ameaçador, fez a pergunta ao mesmo tempo que tomava ele mesmo a iniciativa de se aproximar do cesto da bicicleta.

Joachim, sem se dar conta disso, tremia. Estavam três homens em volta de uma bicicleta, o que era perfeitamente absurdo e só se justificava pela momentânea ausência de tráfego.

No sentido oposto — a sair da Hungria — apenas agora chegava um automóvel.

Era conduzido por Miklós.

BUDAPESTE-BUCARESTE: BUCARESTE-BUDAPESTE

(epílogo II)

O volume alto da música não foi suficiente. Irritou até o único guarda que estava junto do carro.

Ponha o som mais baixo — disse, com rudeza, o guarda a Miklós.

Com o som já baixo, o cheiro que vinha da parte de trás do automóvel ficou mais evidente. Cheiro que um guarda treinado não podia confundir.

Quando, a poucos metros, no outro sentido, o guarda mais temível se preparava para abrir o cesto da bicicleta onde Joachim levava escondida a cabeça de Lênin, ouviu-se a voz do guarda que mandara parar Miklós. Chamava-os a todos.

Venham ver isto, rápido.

De imediato, os três homens viraram as costas a Joachim e à sua bicicleta e aproximaram-se daquele carro. Um dos guardas pôs a mão no nariz. O fedor de cadáver era fortíssimo.

Enquanto dois dos guardas mandavam já Miklós sair do carro, os outros dois abriram a porta de trás e rapidamente destaparam o cadáver.

O que é isto!? — exclamou um dos guardas.

— É a minha mãe — disse Miklós. — Quero enterrá-la na minha terra.

Um dos guardas segurava já com força as mãos de Miklós atrás das costas, outro apertava-lhe o pescoço. A confusão estava instalada e os guardas estavam tensos e excitados — um homem com um cadáver no carro! Do outro lado, entretanto, Joachim levantou o braço num gesto de quem perguntava se podia avançar. Alguém, quase sem lhe dar atenção, o mandou seguir. Está preso! — gritava, de modo veemente, um dos guardas a Miklós, enquanto, no outro sentido, Joachim pedalava já, sem olhar para trás e ainda a tremer, em direção a Budapeste, transportando com o esforço dos músculos das suas pernas, cada vez mais cansadas, a cabeça, a grandiosa cabeça de Lênin.

A FOTOGRAFIA – HISTÓRIA DO VAMPIRO DE BELGRADO

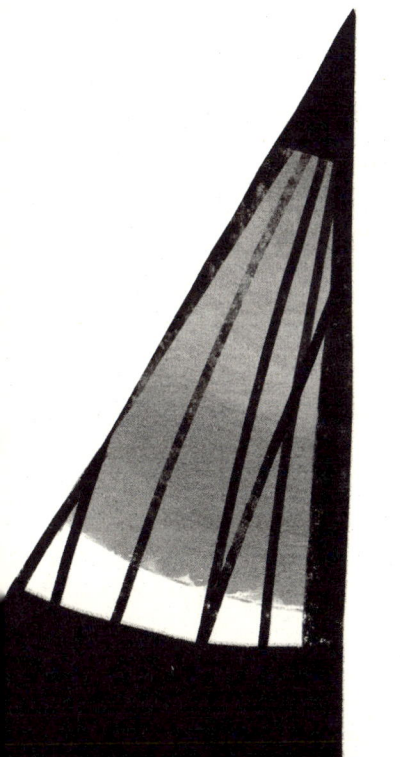

1ª PARTE

1.

Uma mulher que fugiu do hospício dirigiu-se à estação central e roubou uma locomotiva para ir à procura do seu amor, amor que em tempos se afastara dela. Esta pequena história aparece num livro*.
Pensar sobre isto. Roubar um comboio para procurar uma pessoa. Tentar encontrar alguém por intermédio de algo que só caminha em linha reta.
Não se trata de roubar um cavalo, uma bicicleta, algo capaz de guinar para a direita ou para a esquerda. Trata-se, sim, de roubar uma locomotiva, uma enorme máquina barulhenta que avança sobre os trilhos.
Foi, de certa maneira, assim que fez Jelena Nikolic, depois de ser manchada pelo contato com Radislav Gunvaz Vujik, o vampiro.

---

* Foi Cláudia Clemente quem me contou esta história — que leu, algures. [N. A.]

2.

Do lado de fora da porta, a noite recebe sentenças mudas e não visíveis, sentenças que, libertadas no ar, dizem aos ouvidos dos animais cheios de raiva e intranquilidade: calma, senta-te, repousa, não lutes, vê, observa, deixa-te adormecer, não reajas. No fundo, dizem: deixa o outro vencer, deixa o outro esmagar-te. Eis que a bela paisagem tranquiliza, diz: senta-te e transforma o ato de ver no ato de desistir. E quanto mais bela a paisagem mais facilmente desistes, mais facilmente ela te convence. E o que antes em ti eram músculos passam a ser elementos anatômicos onde os teus inimigos, se necessário, podem pousar um chapéu. Um cabide com vontade; porém, pouca vontade, eis tu, diante da paisagem narcótica: que fumas?, que estupefacientes te anulam a vontade até esta alcançar o limite mínimo abaixo do qual estás morto e ligeiramente acima do qual estás vivo, sim, e respiras, sim, mas basicamente obedeces, deixas estar o mundo e os homens; no fundo és capaz de prestar vassalagem à bela montanha como se atrás dela não avançasse um terrível exército, eis o que de ti fez o belo mundo; de ti fez um soldado que obedece ao ponto mais baixo da hierarquia; sedado pelo que é belo, tens afinal um momento de pausa e, enquanto fechas os olhos, tentas rapidamente recordar para que lado não há coisas que emitam esse oriental instinto de passividade; e, com os olhos fechados, consegues imaginar que não são menos de mil os perigos que te rodeiam e exiges então que a paisagem na tua cabeça se transforme, como na cabeça de Dom Quixote, em movimentos humanos perigosos e deixe assim de existir paisagem — palavra neutra. E por um instante percebes finalmente o papel da beleza no mundo: está aí, por todo o lado, agora à tua frente, por vezes nas tuas costas, tantas e tantas vezes nas fotografias que vês, nas imagens que guardas em arquivo, eis a beleza infiltrada de tal modo no mundo humano que por vezes parece que é o humano que se infiltrou na beleza, mas eis que entendes: a beleza está aí, mas o papel da beleza é tapar (não vês) aquilo que se prepara para te matar.

3.

Se de um lado, do lado de fora da porta, a noite fazia, com a paisagem, uma mera paisagem noturna, do outro lado, a noite era de uma estranheza obscena.

Neste lado meio-diabólico (palavra que representa metade da quantidade de maldade que existe num espaço diabólico por inteiro; meio-diabólico: ainda mais indefinível, pois), neste espaço, então, a paixão fazia abanar o pequeno globo que alguém colocara docemente sobre a mesa de jantar. Com o balançar que dos movimentos rápidos da fornicação passara para o assoalho de madeira, depois para as pernas da mesa e, por fim, para o globo, fazendo tremer, como nunca, a costa de África, o centro da Europa, a América e todo o globo de uma forma solidária e sincronizada como jamais o mais poderoso terremoto conseguira. Meio-diabólico, sim, mas que nomes tinham ele e ela? Ela era uma prostituta que não lera uma das primeiras entradas do diário do seu companheiro; companheiro dessa localizada missão de tirar prazer das partes que no corpo há milénios se especializaram nisso, em produzir prazer. Radislav Gunvaz Vujik: eis o nome do seu companheiro que, debaixo da data de 12 de setembro, escrevera, de uma forma que só mais tarde se percebera o quão explícita era e, ao mesmo tempo, tão ambígua: GOSTO DE SANGUE, gosto de sangue, gosto de sangue.

4.

A fornicação prossegue, apesar de ninguém a poder ver, pois o que vemos são apenas os seus efeitos que nada têm de simbólicos. Eis o globo na mesa, abanando. Oceano Atlântico, o Mediterrâneo, o Pólo Sul, o Pólo Norte, a Rússia, como ela treme, toda a Mongólia treme — nem de transiberiano se vê a Sibéria assim, como se tivesse frio, tremendo. Como fornicam, Radislav Gunvaz Vujik, um homem que, com 18 anos, percebera que gostava de sangue, e essa mulher, uma prostituta que fora encontrada por Vujik numa esquina do centro de Belgrado.

5.

O mundo e o seu perfil técnico que não deixa de ser assombroso: atrás das unhas, que mal se distinguem dos detritos de plástico que sobram depois de uma festa, há (mais ou menos) retas (mais ou menos) orgânicas e sensatas, a que chamamos dedos, que por movimentos mínimos conseguem colocar um A e um D nos sítios certos, como se de um concurso de pontaria perfeita se tratasse, e assim se escreve e se pensa, ou seja: ninguém sabe como se escreve e se pensa e felizmente não há motor nem mecânico; quando a máquina avaria, o psicanalista e aquele que opera diretamente o cérebro são, nos momentos mais altos, aprendizes de mecânico, aprendizes que olham para o motor mole como se este fosse uma invenção recente, destruída pela água ou pelo fogo e, por isso, ainda mais ilegível, indefinível, incompreensível. Em que parte, por exemplo, começa o cérebro?, onde se inicia e termina a estrutura do cérebro?, pergunta tão básica e à qual não conseguimos responder, pois nessa coisa não há boca nem cauda, não há sítio onde o alimento entre, intacto, e não há sítio de onde depois saia; sem pegas, sem prefácio ou epílogo, eis que esse elemento informe nos surpreende ainda, depois de séculos a falar dele, a pintá-lo, a fazer estatísticas, pois então perguntamos: em que pensava o cérebro de Vujik?, como pensava o cérebro de Gunvaz Vujik? e, ainda, o mais importante: como era possível parar o funcionamento do cérebro de Radislav Gunvaz Vujik? Aquele cérebro que para si mesmo dizia: gosto de sangue, e uma vez escrevera: SANGUE DO SÉCULO XXI; expressão que poderia baralhar, pois todos pensamos, em primeiro lugar, que o pensamento se deve a movimentos químicos e, por isso, concluímos, de imediato, que nada distingue o sangue do século XXI do sangue do século XX, o sangue da Idade Média do sangue do tempo de Cristo. Que sabes tu da composição do sangue senão o que aprendes na escola básica — leucócitos, plasma, hemácias, plaquetas?

    Mas quando Radislav Gunvaz Vujik falava de sangue do século XXI falava de outra coisa.

6.

Olhemos com mais atenção para a vida de Radislav Vujik, que toda a gente, na sua pequena cidade de província, conhecia apenas se, a Vujik, se associasse a palavra vampiro.
Vujik? Não.
Vujik, o vampiro? Sim, conheço-o.

7.

Em Belgrado, Radislav Vujik, o vampiro, aumentava ano após ano o seu arquivo. Um impressionante arquivo de imagens com uma única característica: tinham de ser imagens belas. A fealdade ali não entrava, nem o grotesco, nem o nojo, nem a violência, nem o disforme, nem a deficiência, nem o acidente: um arquivo de imagens sobre a beleza, fotografias que apanhavam o calmo, o tranquilo, aquilo que no mundo das coisas e dos homens parecia ter uma duração cega, uma duração interminável; uma beleza sem ameaça, eis um dos nomes possíveis para o extraordinário arquivo de Radislav Vujik, situado num apartamento próximo da agitada e boêmia Rua Skadarska, de Belgrado.

8.

E era mesmo ali, debaixo dos três pisos do arquivo, no rés-do-chão, que a prostituta Marka fazia tudo corretamente — imitando até corretamente o entusiasmo

— para ganhar umas notas do seu cliente, de nome Radislav Vujik, o vampiro.

Depois dos incidentes habituais que o trajeto da fornicação sempre contempla, trajeto que, apesar de ocorrer em dois corpos parados, não deixa de o ser — os corpos, embora imóveis, percorrem uma área que está no limite de passar a ser tempo e deixar de ser espaço, mas que não vai abaixo desse limite, pois os dois corpos que fornicam — neste caso, a bela prostituta Marka e Radislav Vujik, o vampiro —, apesar de imóveis — se a referência for a corrida de velocidade de 100 metros ou, a uma escala diferente, a maratona ou a ginástica acrobática —, afinal movem-se e muito, isto é: uns centímetros para um lado e para o outro e, por vezes mesmo, uma mudança brusca de ponto de vista: quem estava a ver de cima um rosto mais ou menos humano e avermelhado a fingir ou a ter prazer, passa a ver, agora, de baixo ou de lado, um rosto mais ou menos humano e avermelhado a fingir ou a ter prazer. E tais mudanças que, de um ponto de vista geográfico, seriam avaliadas como insignificantes, neste contexto — o de um pênis encavalitado numa vagina em diferentes poses (quer do cavalo quer do montador, cujos papéis, aliás, estão em constante mudança) — são um trajeto, no mais puro sentido da palavra. Radislav Vujik avança pois sobre a prostituta Marka como se esta fosse um atalho; e a prostituta Marka, inconsciente, avança sobre o corpo de Radislav Vujik, o vampiro, como se o corpo deste fosse uma rua central, um caminho inequívoco que é obrigada a percorrer se quer chegar a casa. E eis que dois corpos fornicam e avançam por trajetos completamente distintos: o percurso de Radislav Vujik avança, como dissemos, por um atalho onde os problemas a resolver são inúmeros e a cada dez metros há uma decisão como a que se pede diante de um cruzamento: para onde viro, para a esquerda ou para a direita?, qual o caminho mais curto?, eis o tipo de perguntas. Mas o que complicava tudo isto é que na fornicação, por vezes, a pergunta era outra: qual o caminho mais longo, qual o atalho do atalho que fará Radislav Vujik, o vampiro, ficar ali mais tempo?

Com atalho ou sem atalho, os dois terminam. Limpam a poeira com que se sujaram naquele caminho mínimo e Radislav Vujik encaminha Marka ao primeiro andar onde guarda o seu arquivo. E eis que os dois sobem uma escada encurvada, escada ambígua que parece hesitar entre subir e avançar em linha reta, o que faz demorar esse homem, Radislav Vujik, e essa mulher, Marka. Os dois finalmente lá em cima e Radislav Vujik abre uma das centenas de gavetas que estão à sua frente e começa a retirar fotografias e a colocá-las em cima de uma mesa. Marka está fascinada a olhar para as imagens porque, de fato, está, como raramente os humanos estão, diante da beleza, de imagens sucessivas de coisas belas, perfeitas, intocáveis; paisagens, objetos, rostos de homens e mulheres que parecem estar imunes ao pó, aos dias e às noites; e Marka, que se habituou a tentar vasculhar pela fealdade e pela violência tentando encontrar um bocado de pão velho que ainda a alimente, Marka está, pela primeira vez na sua existência, diante da inequívoca beleza.

Porém, Radislav Vujik, o vampiro, não está ali para mostrar, a uma prostituta, a beleza. Não é esse o seu papel no mundo. Radislav Vujik grunhe, eis um bom termo, ou seja: tenta falar. Há sons brutos que estão quase a ser entendidos por Marka, mas acabam por não o ser. Que diz este homem?, este homem, eis o momento de o dizer, que não fala, que não consegue articular uma palavra de forma clara, que emite sons grotescos enquanto aponta; e o seu dedo indicador parece falar melhor do que a sua boca. Não tem palavras, mas tem dedos, o surdo-mudo, Radislav Vujik, o vampiro.

9.

Se Radislav Vujik conseguisse falar, olharia da mesma forma para as imagens de beleza que tem à sua frente?
Eis uma pergunta a que nunca se conseguirá responder.
No entanto, subitamente, prosseguindo sentado, Radislav Vujik — o surdo-mudo Radislav Vujik — separa uma fotografia de todas as outras: a bela fotografia das Portas de Brandenburgo em Berlim. Marka não sabe que imagem é aquela, não conhece Berlim. Quer perguntar-lhe, mas para antes de falar pois em pouco tempo as perguntas ganham um certo pudor ao pé de um surdo-mudo. E, para mais, há outras questões que naquela situação rapidamente se encavalitam e exigem ser expressas. É que Radislav Vujik aproximou a fotografia das Portas de Brandenburgo, fotografia a cores na qual as estátuas parecem anunciar algo de tão fascinante e calmo que, se tivesse nome, seria semelhante ao nome da terceira paz mundial, o surdo-

-mudo Radislav Vujik aproximou, pois, a fotografia a cores da sua boca e, no momento em que Marka esperaria, quando muito, um beijo, um contido gesto, eis que o conjunto das mãos e da boca de Radislav Vujik produz um movimento inesperado e contínuo: a fotografia prossegue o seu caminho, passando os lábios. Radislav Vujik mete na boca a bela fotografia das Portas de Brandenburgo e começa a trincá-la, primeiro, depois a mastigá-la. Radislav Vujik está a comer a foto das Portas de Brandenburgo e Marka não sabe o que pensar, quanto mais o que dizer, muito menos o que fazer (eis, num segundo, a estupefação que paralisa) e o surdo-mudo Radislav Vujik está já a meio dessa rápida e quase insultuosa refeição e, agora, dos seus lábios, vê-se algo a escorrer, uma substância preta, uma tinta — o material líquido, quase invisível, de que são compostas as fotografias —, tinta que em poucos segundos enegrece os lábios; e, naquele instante, se Marka soubesse algo mais sobre a biografia de Radislav Vujik, perceberia por que razão ele é chamado, desde miúdo, de Radislav Vujik, o vampiro.

10.

Radislav Vujik percebeu há muito, desde que o pensamento ganhou distância em relação aos atos, que o seu fascínio pelas imagens não termina nos olhos que contemplam. Em certos dias — mais estranhos, mais excitantes —, o seu corpo exige que tal fascínio pelas imagens termine em algo mais prático, num alimento que o alimente.

E Marka — que já fora tratada por alguns homens como os homens que não gostam de cães tratam os cães, com desprezo e patadas fortes — assusta-se e indigna-se como nunca antes; e ainda ganha um medo que, apesar de tudo, não tem justificação objetiva. Foge dali, do primeiro andar do arquivo de Radislav Vujik, desce as escadas, abre a porta e sai daquela casa a correr, como se Radislav Vujik fosse bem mais terrível do que um mero surdo-mudo que desde miúdo se viciou naquela espécie de tinta, constituída por plástico e sais de prata de que são compostas as fotografias.

Que viste de tão terrível — poderia perguntar-se, nessa noite, horas depois, a Marka — para o teu corpo tremer assim? E, se ela dissesse objetivamente o que viu, poucos seriam os que não soltariam uma gargalhada, avaliando de imediato como injustificável que uma prostituta (que já viu tudo e sobre a qual os homens, em bando ou sozinhos, já tudo fizeram) se chocasse com um homem que come imagens. Não se lembraria Marka da sua própria infância e daquela ingênua brincadeira infantil, tão comum, de comer papel? Porque se assustara assim?

Não se justifica, de fato.

É que, do outro lado da cidade, o surdo-mudo Radislav Vujik já há muito adormecera, tranquilo. A cabeça e o corpo saciados. A cabeça sobre a mesa onde uma gaveta cheia de fotografias ainda permanece aberta, e a parte de cima do tronco, também sobre a mesa, exibindo, quando visto de cima, um daqueles sonos de criança, um sono como só conseguem ter aqueles que do mundo e dos seus horrores ainda não viram nada.

11.

Radislav Vujik nunca aprendera pelo ouvido, claro. Não se entrava em Radislav Vujik por esse órgão; fechado ao mundo por aí, deixava aos olhos a tarefa de perceber que estava vivo e que em volta dele havia mundo. Ampliara assim a potência dos olhos; via como qualquer outro homem ao seu lado conseguiria ver, mas em Radislav Vujik a percepção visual era uma percepção que fazia perguntas e pesquisava. Como a boca para tal não estava apta — juntava à surdez a incapacidade fisiológica da fala —, Vujik fazia inquéritos com os dois olhos, e as imagens, cada fotografia, pareciam coisas ou vítimas que ele interrogava e, por vezes, torturava — sempre com os olhos.

Devorar as imagens — retirar-lhes o plástico, os sais de prata —, alimentar-se delas. No fundo, estava claro para Radislav Vujik que as fotografias, depois de engolidas, entravam nos seus vários sistemas de vida — o respiratório, o sanguíneo — e nele havia a sensação (depois de engolir uma fotografia, de a fazer desaparecer na boca) de que a imagem, por uma qualquer via mágica, já recomposta, reconstituída como se fosse a recuperação da forma final de um *puzzle*, aparecia algures, na sua cabeça, intacta. Sentia que a imagem da ponte de Branko, por exemplo, que naquele momento acabara de mastigar, estava agora de novo inteira e com as suas cores iniciais a passar pelo seu cérebro, a atravessá-lo, a fixar-se num ponto.

E não eram poucas as vezes que Radislav Vujik via na sua cabeça uma foto milagrosamente intacta a avançar, ao longo de uma qualquer água que ele não conseguia identificar em nenhum livro de anatomia. Mas era disso que se compunha o seu cérebro: inúmeras imagens que, desde miúdo, devorava. O seu cérebro não pensava como o de uma pessoa lógica pensa, com argumentos, com dedução, com o A que implica B; o cérebro do vampiro de Belgrado, Radislav Vujik, pensava por sucessivas aparições de imagens; pensava por fragmentos, por bocados de mundo não ligados entre si. Como se o mundo não fosse um sistema que temos de separar em peças ou em *frames*, mas, pelo contrário, como se o mundo fosse inicialmente feito das suas peças, dos seus *frames*, e o esforço para os juntar fosse um objetivo artificial, a loucura de um louco religioso que quer voltar a ligar o que nunca, para Radislav Vujik, esteve ligado.

No seu cérebro, as fotografias estavam espalhadas e organizadas como no seu arquivo exterior; havia o lugar das pontes — e, neste lugar do cérebro, de imediato, quando nele entrava (e assim se sentia: a entrar nele), entrava numa galeria que, em cada parede e em cada canto, exibia uma ponte — ali as de Zagreb, a ponte Ludendorff, as três pontes do centro de Ljubljana, a ponte Glienicke, a ponte de Kapellbrücke na Suíça, as pontes de Königsberg etc. E noutra parede havia estátuas; e, noutra, monumentos. Ele tinha memória porque vira e engolira as imagens. A memória era nele o contrário de uma atividade abstrata, que envia fluxos ou vontade ou atua sob a direção de elementos ainda mais vagos. Para Radislav Vujik, o vampiro, a memória, o ato de se recordar, era semelhante ao ato de alguém que procura um boneco no seu quarto de criança e para isso vasculha, abre e fecha gavetas, destapa caixas etc. Tratava-se de uma ação física sua que procurava encontrar, do outro lado, uma coisa física também. Recordar-se era encontrar no próprio cérebro a fotografia que um dia tinha mastigado; era encontrar essa fotografia não como um alimento depois de digerido, absorvido, retalhado. Comia as imagens para as manter intactas e intocáveis, não comia para destruir.

Quando Radislav Vujik comia uma imagem fazia desaparecer do mundo a coisa representada pela imagem. As três pontes da praça central de Ljubljana, depois de mastigada a sua fotografia, deixavam para ele de fazer sentido enquanto coisas que existem na praça central de Ljubljana, pois eram agora coisas que existiam dentro do seu cérebro. Não havia nada no mundo que mais desinteressasse Radislav Vujik do que uma paisagem, um edifício ou um objeto cuja fotografia já tivesse comido.

2ª PARTE

1.

Já assistira várias vezes ao ritual e a cada vez o seu horror inicial baixara. Assim, depois de muitos anos, Alma Vujik, a irmã de Radislav Vujik, falava disso como quem fala, com alguma vergonha, do alcoolismo de um familiar. Como se o nível das águas do asco diminuísse a cada repetição — e sim, desse modo funcionam as coisas.

Fora Alma Vujik quem apresentara o seu irmão a Jelena Nikolic. Alma descrevera à amiga a forma como, havia uns meses, o seu irmão tocara na fotografia da bela Marienplatz, de Munique.

— Ele não gosta de imagens de pessoas. Nunca as come — explicara a irmã à amiga Jelena Nikolic, a futura e desgraçada amante de Radislav Vujik.

— Mas ele — relatara Alma Vujik a Jelena Nikolic — acaricia as fotos de paisagens ou de pequenos objetos como se fossem mulheres; como se as quisesse violar, às imagens. Uma coisa tremenda — murmurou Alma Vujik.

3ª PARTE

1. NOITE ANTERIOR

Na noite que antecedera a noite em que pela primeira vez dormiram juntos, Radislav Vujik e Jelena Nikolic haviam falado longamente, tanto quanto uma mulher pode dialogar com um surdo e mudo.
 Radislav Vujik escrevia num papel e dava-o a ler a Jelena Nikolic. Jelena Nikolic escrevia num papel e dava-o a ler a Radislav Vujik. Nunca tivera uma experiência destas — aquele ritual divertia Jelena.
 Ele contara o seu gosto particular: gostava de comer imagens de paisagens ou de coisas extraordinárias. Adorava aquela espécie de tinta que saía das fotografias — que saía, em suma, da beleza — e que parecia só se libertar quando elas estavam já mastigadas. Radislav Vujik escreveu três palavras para definir o sabor dessa tinta preta que saía das fotografias; três palavras de um prazer físico, como dissera Vujik, muito próximo do prazer sexual. Um sabor, primeiro, ácido; um sabor viciante, obsceno. Ácido, viciante e obsceno: as três palavras que o surdo-mudo escrevera para responder à pergunta de Jelena: a que sabem as fotografias?

2. A NOITE

Por vezes acontece isto: depois de uma noite amorosa, a mulher levanta-se e vê que o amante ocasional, que conquistara ou que a conquistara, saiu da cama e do seu apartamento. Como não o conhece profundamente, a mulher receia pelo seu apartamento, pelas preciosidades que guarda: algum ouro, um colar de família... e receia porque vê que a casa foi vasculhada como só os assaltantes fazem — gavetas abertas, objetos tirados do seu lugar; ali estavam à sua frente os vestígios que ficam quando alguém, horas ou minutos atrás, procurou algo. A mulher chama-se Jelena Nikolic, e é uma mulher da alta hierarquia de Belgrado. É rica, tem medo. Mas em trinta minutos percebe o que o seu amante, Radislav Vujik, levou. Não roubou ouro, dinheiro ou objetos valiosos. Levou fotografias; roubou as fotografias que estavam em sua casa. Fotografias de objectos, de paisagens, fotografias de coisas de que Jelena Nikolic já nem se lembra, mas, acima de tudo, o que a faz tremer é que, de entre todas as fotografias, Radislav Vujik levou a fotografia do seu filho de seis anos, do seu filho.

Radislav Vujik, o surdo e mudo Radislav Vujik, tem a fotografia do filho de Jelena Nikolic e esta, sem saber bem por que, sentada numa cadeira, balouçando-se continuamente para trás e para a frente, não consegue parar de tremer.

3. MANHÃ SEGUINTE

Radislav Vujik não era um criminoso. Nunca fizera mal a ninguém. Ela sabia há muito que o homem com quem dormira comia imagens, mas poderia estar descansada, haviam-lhe dito: aquele homem, aquele surdo-mudo, Radislav Vujik, não faria nenhum mal ao seu filho.

Porém, Jelena Nikolic não consegue descansar. Tinham passado alguns dias, mas ali estava ela. A meio da noite levantava-se e ia ao quarto ao lado. O filho dormia um sono profundo, sim, mas Radislav Vujik estava algures em Belgrado, naquela mesma noite, e ainda não fora preso (porque roubar fotografias não é assim tão grave, como haviam afirmado os inspetores). Radislav Vujik estava algures em Belgrado e Jelena Nikolic sabia que ele tinha uma fotografia do seu filho. E Jelena Nikolic não conseguia adormecer.

4. DUAS SEMANAS DEPOIS

Duas semanas depois, Jelena Nikolic acorda a meio da noite, sobressaltada. Levanta-se, vai ao quarto do filho e ele não está. Começa a tremer.

E tal como a mulher — que fugiu do hospício, que se dirigiu à estação central e roubou uma locomotiva para ir procurar o seu amor, mulher que não roubou um cavalo, uma bicicleta, ou algo capaz de guinar para a direita ou para a esquerda; mulher que roubou, sim, um comboio, para procurar uma pessoa, pensando que era possível encontrar alguém procurando sempre em linha reta —, tal como essa mulher eis que Jelena Nikolic faz algo de irracional. Não rouba um comboio — por ali não há qualquer estação perto —, mas sai de casa e começa a correr, a gritar pelo filho, mas corre, sim, em linha reta, atravessando Belgrado, sem um desvio. Jelena Nikolic vai sempre em frente — como se o que procura, o que sempre todos procuraram, só se pudesse encontrar seguindo em linha reta, sem desvios, sempre em linha reta.

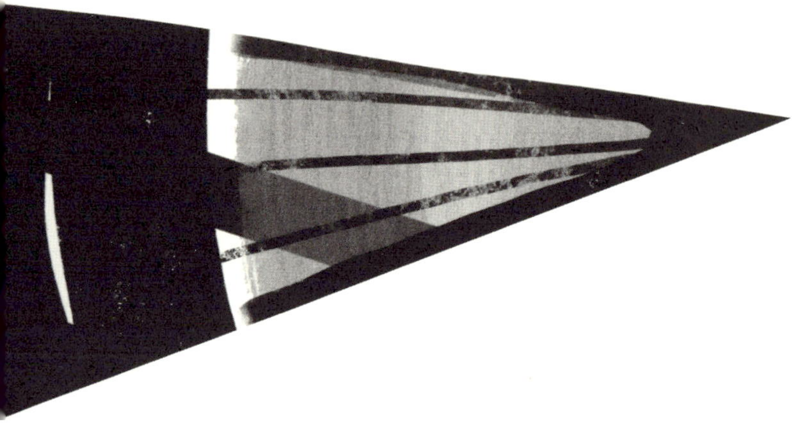

EPISÓDIOS DA VIDA DE MARTHA, BERLIM

1. BERLIM: SAPATOS

Martha. Museu. Fotos, estátuas.
Este torso que resistiu a séculos sucessivos, mas não ao belo Homem, que o tempo é, apesar de tudo, entre outras artes menores e maiores, bem menos eficaz na destruição.
Uma estátua que resiste como um homem depois da bomba: levanta o braço, mas o braço não está lá; jamais baixará a cabeça, mas a cabeça não está lá para ele não a baixar; e, para se manter o orgulho, é necessário, pelo menos, que o pescoço e os seus músculos não desistam de transportar o crânio, como em certas cerimônias para iniciados mulheres transportam velinhas acesas. Mas vê, se começares a olhar para um homem a partir de baixo (dos seus sapatos, por exemplo), lá ao fundo é lá em cima, e então só lá ao fundo é que não há nada: levaram a cabeça e a possibilidade de a mão acenar à passagem da pacífica parada militar; mas não é grave: observa bem os sapatos daquele outro homem sem cabeça e sem braços: tem os atacadores impecavelmente apertados.
    Estás a ver, Martha?

2. BERLIM: FRONTEIRAS

E, além da necessidade de alimentação, do vidro da sala que um qualquer miúdo idiota partiu, além da mulher que engravidou de um pénis que mal conhecia, além da vida pequena e dos seus sobressaltos, há ainda a História, a robusta História, o Século e as suas grandes passadas, os homens muito fotografados que assinam documentos que parecem ter sido redigidos por um qualquer secretário do Deus geral dos países, caso Ele exista — e se não existe que se invente, porque já não somos ingênuos ao ponto de ter deuses do sol e de astros ainda menos relevantes; um Deus que administre não a luz natural, mas as fronteiras do mapa, eis do que precisamos.

— Mas esse Deus talvez exista e chamas-lhe História e ficas contente — disse Markus.

De resto, quando uma mulher se põe de cócoras para urinar, que importam as oscilações do mapa, que, no fundo, são alterações gráficas numa pasta de papel civilizada, um mapa preparado para receber novos traços firmes por cima de velhos traços frágeis.

Por mim, por agora, não estou interessado no mundo nem nas suas grandes decisões. Podes despir-te. Irei ao teu quarto, deixarei a quantia certa, em moedas, e, se necessário, farei sobre as partes que a tua roupa mais esconde certos movimentos que poderão não te agradar, mas o preço é justo, e até hoje jamais deixei uma dívida que seja na gaveta de uma mulher bela como tu.

É Markus quem fala, quem pensa.

3. BERLIM: LEITURA

Vou contar-te o que vejo da janela. Primeiro chegaram sons que assustaram, depois percebeu-se: a ambulância entrou e fazia ruído como se um estômago lá dentro estivesse com fome. Poucos metros à frente da tua janela alta, a ambulância parou; subitamente o som termina e de dentro saem vários homens de bata branca a correr. Tudo claro: alguém está quase a morrer; decerto ainda não morreu porque os homens vindos da ambulância correm a grande velocidade, entram no prédio à pressa e enquanto há pressa ainda há salvação.

    E eu vou contar-te o que agora, neste momento, vejo da janela. Passaram uns segundos, os homens da ambulância estão dentro do edifício, algures num andar qualquer, nenhum ficou cá fora, no entanto, à entrada do prédio, do mesmo prédio, onde alguém ainda não morreu, um homem, de camisola vermelha com mangas curtas, está encostado e lê. E lê. E lê.

    O que lê não sei; daqui não vejo; não é um livro. Ou é jornal ou catálogo de publicidade — que anuncia preços invulgares para guardanapos, detergentes, meio quilo de carne. Vê, por favor, o que eu vejo: faz um esforço. Estou na janela, não passaram dois minutos; e há uma ambulância em frente de um prédio, silenciosa, mas com as luzes a piscar; e à entrada desse mesmo prédio um homem lê.

Não faças mais cálculos; não exijas o bisturi para abrir o corpo.

Queres mais explicações sobre o mundo?

4. BERLIM: HISTÓRIA

Estás às portas de Berlim, a História contratou vinte mil escribas para relatarem o que aqui aconteceu, mas vieste de bicicleta e estás demasiado distraída a pensar nesse homem: Markus, que ontem te deixou uma caixa de fósforos — porque se esqueceu dela, não foi um presente — e uma marca de sangue nos lábios porque te beijou de mais (como se o Ocidente estivesse prestes a ser invadido, pensaste).

Só se beija assim quando a História está pronta a rebentar com o dique e tu ainda só tens idade para te apaixonares para sempre ou semelhantes exageros em que a pouca idade te faz cair.

Markus é um homem e ela ainda uma rapariga. Ela veio de bicicleta para estar de frente para a História e para ver se envelhecia um pouco e se percebia melhor como lidar com as mãos e o pénis ansioso de um homem.

Markus, o homem, volta amanhã; e ela quer aprender rápido o que fazer com ele: olha para as portas históricas de Berlim e concentra-se, como se estudasse uma lição, como se estudasse grego antigo. Ah, mas esse homem, Markus, não vai fazer de ti uma estúpida.

Ele vai fazer pior: vai fazer de ti um ser humano; e estas palavras, que a princípio te entusiasmam, em breve te provocarão nojo. Irás lavar as mãos, o couro cabeludo, vigiar os cabelos, um a um, como se caçasses piolhos, e sentir-te-ás tão suja que nenhuma roupa te cairá bem. Sim, estás em Berlim, mas podias estar noutra cidade: nunca perdoarás que um homem mais velho tivesse feito de ti um ser humano. Só querias não ter crescido, mas nessa altura, quando já só tens este desejo, já é demasiado tarde.

Regressas a casa de bicicleta e chamas-te Martha.

5. BERLIM: EGITO

Museu. Civilização egípcia? Que me interessa isso, pensa Martha.
A História? Trata-se de propaganda, minha senhora. Uma forma de publicidade a que dão mais importância. É só.
Como é estúpida, pensa Martha.
— Os egípcios eram um povo que...
Quem escreveu esse refrão? — esteve tentada a perguntar. — Que bonito! Mas que sabes tu disso, velha? Tiveste uns dias de folga e foste aos séculos anteriores? Que comboio apanhas, estúpida? Em que estação?
— ... o Egito tinha túmulos onde...
Em vez de me falar do Egito Antigo, gostava que esta mulher me dissesse onde é que em Berlim se pode apanhar um comboio no qual não se sinta medo? Onde eu não tenha asco dos olhares que alguns me fazem?
Deviam construir uma floresta artificial, no centro de Berlim, para que uma pessoa, quando se quisesse sentir perdida, fosse para lá; em pleno centro de Berlim, da grande civilização, uma floresta: temos tecnologia para isso ou não? Somos ou não alemães? Eu

quero perder-me, senhora! Estou farta de documentos, de palavreado.

— Senhora, onde é que posso encontrar um homem do Egito Antigo em Berlim?

— Como?

Todos se calaram. Martha fazia aquilo. Provocava. No meio dos colegas.

— Um homem, agora, hoje.

— Por favor... — pediu a professora.

6. BERLIM: VERTIGENS

Olha para cima como os malucos depois de saírem do sanatório que lhes ensina que de cima não vem a cura — os deuses nem nos saudáveis tocam, porém eles são loucos: insistem. Olham para cima. Mas não, não olhes para cima: se o que vês é muito alto, podes cair; há vertigens assim: és tão pequeno que tens medo, sentes palpitações que, a princípio, por inexperiência, podes confundir com batimentos românticos ou até obscenos; mas não há corpos em volta, há apenas ferro bem manipulado, janelinhas com luz lá dentro que anuncia trabalhos humanos, ou então talvez por lá passeiem outros animais a que agrade o quentinho que a eletricidade artificialmente deixa cair; mas vê: estás só e estás em cima da terra, e agora, séculos depois, estar com os pés em cima da terra é estar tão frágil como alguém que no ponto mais baixo recebe apupos, cuspo e pedras dos que na borda do poço, com a mão esquerda, manipulam testículos e, com a direita, um ódio bem aceite pelos seus pares porque bem intencionado.

Se estás apenas em cima da terra, não olhes para cima: podes cair da cidade e partir a clavícula como os cavaleiros desastrados da abjeta Idade Média que aprendemos pelos livros a insultar.

7. BERLIM: ESTÁTUA, ÁGUA

No meio da catástrofe do mundo, pelo menos uma estátua goza. É isso que eles agora veem. Mas não usam esta palavra.

Martha não o diz, finge-se fascinada com a arte, mas está fascinada, sim, com a sua excitação: e com a forma como ela própria atira para as coisas do mundo, cada uma, qualquer que ela seja, uma obscenidade ilimitada.

Quero lá saber de arte, quero é Markus, Markus!

A professora dá qualquer informação muito relevante sobre uma data que nem as bisavós de Martha se devem lembrar. Mulher estúpida, pensa Martha, que quer ela? Porque nos está a enganar? Onde está o homem dela?

Todas as frases que Martha ouve soam-lhe a repetições, como se aquela mulher estúpida à sua frente estivesse a tentar imitar a primeira frase que dissera, mudando apenas o tom. O mesmo significado, mas em diferentes registos, mais alto, mais baixo, mais falsete: como uma atriz que treinasse a mesma fala de diferentes maneiras para verificar qual a que tinha mais efeito.

Porque não se cala a mulher?, pensa Martha. Porque não diz outra coisa, porque não me fala ela de Markus?

— Preciso de mijar — diz Martha, no seu tom arrogante, no meio de uma frase que tinha o século quarto ou quinto depois de Cristo.

Todo o grupo se calou. Olharam para a professora. Esta também permaneceu calada. Mas depois disse:

— É na última sala, do lado direito.

Martha afastou-se do grupo e seguiu na direção indicada. Encontrou a casa de banho e ficou lá, a urinar, a manhã toda — até na sala do museu se ter regressado de novo ao século vinte e um e as colegas lhe baterem à porta a dizer que eram horas de ir, que a visita terminara.

— Gostaste do museu? — perguntaram-lhe a rir.

— Mijei o tempo todo — respondeu; e pensou depois para si: como se tivesse superpoderes. Era um que escolheria: o poder de urinar seis horas seguidas, sete, oito, dois dias inteiros.

Inundar Berlim, evacuarem a cidade com barcos, a cidade alagada, pessoas a ficarem doentes porque o meu mijo é forte: só resistiriam alemães. Berlim ficaria limpa com a minha urina. Passaria depois para outras cidades alemãs, uma a uma — todas limpas com a água suja que só os alemães entendem, os velhos alemães, os filhos de alemães, os filhos de filhos de alemães. A minha água suja.

— A professora falou mal de ti — disseram-lhe ainda as colegas.

— Mas eu gosto dela — respondeu Martha. Estava tão feliz a pensar. Que queriam estas também? — Um

dia convido-a para ver o homem que está na minha cama — disse Martha.
As raparigas riram-se.
— E nós?
— Vocês não. São estúpidas.

8. BERLIM: MUSEU, ROSTOS

Rostos de ferro. Uma exposição.
Como é belo o rosto humano, e só te apetece curvar e chorar.
És já uma mulher, passou tempo, chamas-te Martha e nunca pensaste que pudesses confundir o ferro com o rosto humano. São muitos e são iguais.
Como alguém que procura um familiar morto, um filho, no meio de centenas de corpos — no meio daqueles rostos de ferro, aparentemente iguais, procuras o rosto que seja mais próximo do rosto de Markus, o homem que com o seu pénis fez de ti um ser humano, e não apenas uma menininha!
Ele tem de estar aqui, pensas.
Já passaram alguns anos, já sabes que foste enganada, que entrar na sala dos seres humanos não é assim tão bom; e agora pensas: ele tem de estar aqui, o rosto de Markus tem de estar aqui.
— Chamo-me Martha — dizes a um homem, que permanece de olhos invulgarmente parados, encostado à parede de uma sala, com uniforme: — Ele tem de estar aqui — dizes.
— Quem? — pergunta ele. — Isto é ferro — acrescenta.

E tudo pareceria normal, este seria o diálogo que ela até compreenderia, mas depois o homem disse, quase em sussurro:

— Estamos todos aqui, minha menina. Quer também ficar aqui?

E ela queria, ao mesmo tempo, com força igual, compreender aquelas palavras e não compreender aquelas palavras.

— Não entendo, filho da puta, que queres de mim?

9. BERLIM: DECISÕES

Não é fácil decidires para onde vais. Berlim tem isto (e as outras cidades, conheces?): podes decidir, há hipóteses; como se pudesses comprar um caminho ou outro, uma decisão ou outra; tudo se vende, e as tuas opções também. Se for por aquele lado do edifício, lá no fundo encontro a morte a fumar um sereno charuto: se for pelo outro lado, encontro a morte a fumar um cigarro mais discreto. Ah, como é bom ter uma personalidade e dois caminhos! Chega então à tua cabeça a ideia de que afinal de contas podes fugir, virar as costas à esquina e correr, o mais rápido possível, como se, para surpresa, tivesses entrado, sem convite, numa corrida de cem metros. Corre, corre, corre, mas não chegarás a tempo. Do outro lado, ao fundo, de novo uma esquina e dois caminhos: de um lado encontrarás a morte e o seu charuto, do outro a morte e o seu cigarro.

10. BERLIM: CAMPO

Repara, não é tanto ficares fascinada com a tua sombra ou com a sombra dos outros. Markus já desapareceu, tu chamas-te Martha e, depois dele, tiveste um, dois, três, quatro homens, e a certa altura paraste de contar, como se fosses outra vez uma criança e só entendesses os números a que consegues chegar com os teus dedos, com as tuas duas mãos em riste.

— Ainda não aprendi mais sobre o mundo, já não sei contar quantos homens fizeram de mim um ser humano. Houve um — diz Martha — que me levou à Polónia, a um antigo campo de extermínio, e me disse:

"Vou levar-te à maternidade."

— Eu sabia que aquilo não era uma maternidade, disse-lhe que sabia o que aquilo era e que não queria entrar ali. Ele disse:

"Tu já entraste ali há muitos anos, nem sequer tinhas nascido e já estavas ali."

Martha, nessa altura, perguntou, como se fosse parva:

— Cabíamos todos?

— Sim — respondeu esse, que era naquela altura o seu homem, mais do que isso: o seu humano. — Sim — respondeu ele —, ainda cabemos.

Esse homem chamava-se (Martha lembra-se bem): Zek; nome estranho e que ela pronunciava como se estivesse com muita pressa.

— É um nome de quem está preparado para fugir — tinha dito uma vez Martha.

E Zek respondera:

— Todos devíamos ter um nome assim; nome que se arruma facilmente numa qualquer mala, sai de um sítio e vai para outro.

— O meu não cabe em mala nenhuma — respondeu Martha.

— O meu nome é mais lento. Tem duas sílabas, o teu só tem uma.

— Sim — respondeu Zek —, e gosto dele assim. É um erro ter o primeiro nome com mais de uma sílaba.

— Por que? — perguntou ela. Mas ele não falou mais.

Tinham tido este diálogo à porta de um campo de extermínio, na Polónia. E ela, Martha, nessa altura, já era um ser humano e estava quase contente. E só não queria admitir que estava excitada, naquele momento, porque deveria estar triste naquele momento.

Zek disse:

— Entramos ou não entramos?

Martha não, não queria entrar, não queria estar triste, preferia sair dali com aquele homem e entrar num hotel, alugar um quarto e ficar com ele naquela noite e na noite a seguir, e depois, sim, fugir, como se tivesse um nome com uma única sílaba.

— Entramos?

11. BERLIM: MENOS UM

Berlim. Martha. Piso-1.
Estás sempre num piso negativo, e tentas subir. Mas, enquanto tentas, podes beijar e apaixonar-te. Porém, amanhã estarás no mesmo piso.
Menos um: eis o número exato para os habitantes de qualquer cidade.
E não adianta amaldiçoares os pisos negativos; também tens a imaginação. Podes fingir, por exemplo, que não estás de novo a tentar subir. Que não regressaste ao mesmo piso de onde, ainda ontem, tentaste sair.
És como Sísifo, e falas alemão, mas, pelo menos, neste século, já temos escadas rolantes; agora, para entrar no desespero médio da cidade nem precisas de mexer os pés.
Martha diz que não: não quer subir. Tem medo de escadas rolantes.

12. BERLIM: AUTOMÓVEIS

Não estava perdida, mas não estava feliz. Não tinha um homem ao seu lado e a noite estava demasiado bonita, como se quisesse abusar da sua fraqueza — e uma amiga perversa, por ver Martha só, insiste em mostrar-lhe o belo homem que arranjou. Se pudesse, Martha dava-lhe socos; mas não. Nessas alturas, a noite fica feia.

Ela vê que as ruas estão lá em baixo, os prédios lá em cima, há luzes ao lado dela e em cima dela, não há qualquer estrela e o céu em Berlim foi ocupado pelas janelas altas de uma qualquer administração. O céu cumpre horários, pensou Martha, e sorriu.

Aqui tudo funciona a partir de ordens que vêm das janelas altas, pensa, e depois ri-se muito porque está quase desesperada.

A dez metros dela um homem varre a rua. Não tem a cor certa da pele de Berlim (porque a cidade tem uma pele, e aquela pele não tem a cor certa). Mas não se trata de cor, ela sabe que se trata de ter o dinheiro certo, e não a cor.

Quer perguntar-lhe o nome — e pergunta.

O varredor não responde. Continua o seu trabalho.

Ela insiste. Quer saber o nome. Diz que gosta dele, que ele tem um aspecto simpático.
O homem não responde, mas ela insiste, e subitamente o homem explode, insulta-a.
Mas que Língua fala ele?, pensa Martha.
Insulte-me na minha Língua, estava quase a exigir. Mas não. Foi ensinada a ser tolerante; já fornicou com homens que não falavam a Língua de Berlim; que quer ela de si própria, transformar-se numa mulher nojenta?
Martha pede desculpa na Língua de Berlim e afasta-se.
Queria dizer-lhe ainda que, se necessário, se ele quisesse, ela, mulher nascida em Berlim, faria amor com ele.
Ela pagaria o quarto, e ele, depois, poderia voltar à rua e continuar a varrer Berlim, de uma ponta à outra, todas as noites, uma noite colada à seguinte e à seguinte, sem qualquer interrupção; que varra depois Berlim de uma ponta à outra, esta cidade não para de se sujar, como qualquer grande cidade, precisa de guardanapos, come de mais, arrota, ficam restos de comida nos cantos da boca de Berlim, é precisa limpar, todas as noites, vá, avança, excelente, esse gesto, esse teu ofício.
Martha observa esse homem, agora já mais longe; afasta-se para que o varredor não se sinta intimidado, para que tenha espaço para pensar na Língua dele: tem todo o direito de pensar na Língua que quiser, na Língua em que lhe falam ao ouvido — quem somos nós para exigir outra a um ser humano, pensa Martha; e lembra-se de Markus, o primeiro amante, o que inaugurou um certo prazer que já existia perto das suas pernas e ela não conhecia por completo.

Agora conheço, pensa ela, conheço o prazer em cada canto, mas estou em Berlim, e queria passar a noite a varrer a cidade. Queria estar no lado dos que limpam, não dos que sujam; mas não existe esse lado, dos que só limpam: o varredor também suja. Martha olha agora para ele sem complacência, isto é: já sem desejo; e vê, confirma: como aquele homem é abjeto, como aquele homem que limpa Berlim é feio! Um homem feio limpa Berlim. É precisa chamar as autoridades, pensa Martha: um homem feio limpa Berlim. É preciso chamar alguém!

Martha subitamente começa a agir como se tudo o que tivesse acontecido para si, dentro da sua cabeça, tivesse acontecido também para os outros. E avança para o meio da rua, para o meio do trânsito; levanta o braço, manda parar um carro, grita:

— Estão a limpar Berlim! Berlim!

E depois tenta explicar, aproxima-se do vidro do condutor:

— Um homem feio — grita. — Ali, um homem feio e escuro.

Está a varrer Berlim!

Um ou outro condutor abranda, mas quase nenhum para, e os que o fazem rapidamente arrancam. Temem algo, não sabem bem o quê.

Mas Martha ainda é bela, que idade tem?

É de noite, aquela rua e as próximas não são perfeitas; ela ainda é nova, e são duas da manhã; tem uma saia curta: um automobilista para, finalmente, mais à frente. Sai do carro, não tem medo. À sua frente, uma mulher, está sozinha, deve ser meio louca, e ele é um homem, está sozinho e não está louco: quer uma mulher:

— Aconteceu alguma coisa? — pergunta o homem que saiu do carro. — Não devia estar assim no meio do trânsito. Ainda morre.
O homem puxa-a para o passeio.
— Não morro nada — diz ela.
— Morre — diz ele.
Ela estava quase a dizer, mas só pensou: não me conhece, como pode saber que morro?
— Não morro, insiste ela.
— Os carros... — diz ele, ao mesmo tempo que a puxa e lhe toca deliberadamente com as costas da mão num dos seios.
— É aquele homem — diz Martha, apontando para o outro lado do passeio, para um vulto, já muito afastado. — É aquele homem — repete. — Está a varrer Berlim de uma ponta à outra. E ninguém vê. Tem a pele... — diz Martha. — Vê — insiste Martha —, ele vem aí, é aquele homem.
Mas o vulto que se aproxima do outro lado do passeio já não é o varredor. É de Berlim. Os seus pais eram de Berlim. Os seus avós eram de Berlim.
— Não é o varredor — diz o homem que já tem o braço direito em redor das ancas de Martha. — Tem fato — diz ele.
— Não é este — confirma Martha.
O vulto agora já se vê: é um homem com fato; tranquilo, atravessa para o lado de Berlim onde está Martha agarrada pelas ancas por um homem que não conhece.
— Não é este — murmura ela.
E quando o homem passa junto a eles, Martha afasta, rude, o braço cuja mão já lhe acariciava as nádegas e dirige-se a este segundo homem, o homem de fato:

— Não era você! — diz.
O homem de fato sorri, não para de caminhar, mas sorri para ela. Martha vai atrás dele. O primeiro homem, o do carro que parou, e que segundos antes estava com as mãos nas ancas dela, chama-a, primeiro com delicadeza; mas, logo a seguir, grita:
— Puta!
E fica a vê-la seguir o homem de fato: ela sem parar de falar, como se quisesse convencer esse homem de algo. Ao fundo, o homem de fato por vezes vira a cabeça para ela, ligeiramente, por delicadeza, sorri, mas não interrompe o seu passo. O homem do carro fica a vê-los aos dois, dobram a esquina. Espera ainda mais um pouco. Talvez ela volte, pensa. Sente o pênis ainda. Fica mais uns segundos, talvez um, dois minutos — de noite a passagem do tempo é mais irregular —, mas, por fim, desiste. Olha para o seu carro. Preocupa-se agora com este: está mal estacionado, luzes ligadas, ainda vem a polícia, ainda um carro lhe bate, o seu automóvel, regressa ele, na sua cabeça; mulher maluca, pensa.

13. BERLIM: BICICLETA

Essa rapariga que anda de bicicleta por Berlim como se os gestos para dominar a vida fossem apenas aqueles: a tensão dos punhos e a leve torção que direciona as rodas para a direita ou para a esquerda. Mas a vida não tem manípulos tão óbvios; Martha ainda não o sabe, no entanto uma certa insegurança começa já a alojar-se nas pernas, como se ela, descalça, tivesse mergulhado o pé em água gelada: uma desagradável presença fria sobe a partir dos tornozelos e fixa-se no centro dela, exatamente: a sensação de frio como a do prazer.

Olha em volta. Combinou com Markus: onde está o seu primeiro Homem? Estaciona a bicicleta, sai, olha para pessoas que passam de um lado para o outro como se soubessem bem para onde vão, mas ao mesmo tempo nenhuma delas parece ter casa: está tudo à procura de um sítio onde dormir, pensa Martha. Berlim, subitamente, parecia não ter um único habitante vindo do dia anterior — como se à volta dela, nos passeios, a atravessar as estradas, a conduzir carros, só existissem pessoas vindas de fora, que, de um lado para o outro, vasculham, com as narinas meio desorientadas, um qualquer cheiro familiar que venha de uma porta, de um quarto, de uma janela. Mas só vem dos esgotos, quase grita Martha. Abram a tampa dos esgotos: estão aí os cheiros.

Martha não sabe o que diz, não sabe o que faz. Espera Markus; ele está atrasado. Será que vem? Ela quer perder o que ganhou com a idade, uma certa vergonha. Já viu filmes e revistas suficientes, está cansada de imagens de pornografia; a sua trajetória fê-la cair à frente de Markus; não é uma obsessão, mas também não há qualquer tranquilidade. És tu, Markus? Não, não é; é outro. É ele que vem ali? É outro.

Vou deixar crescer as unhas, pensa Martha, depois, se cair de um prédio, saberei defender-me como os gatos e as gatas.

— Não viu Markus? — pergunta Martha a um homem (que idade tem este? Mais de quarenta).

— Como?

— Markus, não viu Markus?

— Desculpe, não conheço.

— Claro que conhece — insiste Martha, que segura na manga do casaco desse homem atarantado (que me quer esta?).

— Markus é um homem como o senhor, conhece-o de certeza.

Mas é mais novo.

— Desculpe, tenho de ir — diz o homem, e puxa o braço, e com ele a manga do casaco, e a mão de Martha cede.

— Adeus — diz Martha. — Se o vir, diga que estou à espera dele.

O homem não responde, continua a avançar, nem sequer vira a cabeça.

14. BERLIM: METRO

Martha tem de novo dezoito anos.
— Trata-se de uma infecção. A cidade precisa de cair de vez, para que alguém a coloque na cama e trate dela.
É Markus quem fala.
— Há menos alemães nesta carruagem que... — mas não completou a frase. — Quantos botões tem a minha camisa? — perguntou, brusco.
Martha sorri, e conta-os. Oito.
— Não há oito alemães nesta carruagem — diz Markus. — Vêm tudo de fora.
— As mulheres do Leste vêm desapertar os botões dos nossos homens — diz Martha.
— Isso não é o pior — diz Markus, rindo-se.
— Tens oito botões — diz Martha.
— Deixava as mulheres entrar, os homens não. Em Berlim, estrangeiros, só mulheres.
Martha responde:
— Não gosto dos homens que vêm de fora. Por mim, tudo bem: entravam só as mulheres. Gosto de algumas. As de Leste são bonitas. Não me importava que também me desapertassem... — E ri-se.

De repente, um levíssimo toque (quem é este?); Markus responde de forma bruta; empurra com o tronco.

Qualquer economia de espaço é necessária.

Markus faz uma cerca com o próprio corpo, como se ele e Martha fossem bem mais largos.

— Não gosto destes cheiros. Eles encostam-se de mais... Mesmo quando não se encostam fisicamente, os cheiros encostam-se.

Sinto os cheiros na nuca. Igual ao cheiro da cozinha dos restaurantes sujos. O cheiro que enoja e que insiste em querer beijar a nuca dos clientes. Quando saio do Metro sinto necessidade de me lavar, de ler um livro alemão, na boa língua alemã. Sinto necessidade de mijar durante meia hora para que o lixo saia todo cá para fora. Para que não fique nada do que recebi.

Martha permanecia calada. Ainda não o ouvira a falar daquela maneira. Quanto a ela, que sabia disso e das outras coisas? Gostava de o ouvir. Tenho dezoito anos, pensa Martha, devo ouvir quem montou em mim pela primeira vez.

— ... deviam pô-los no circo — Markus continuava. — As pessoas pagavam para ir perto deles, cheirá-los. Para irem sentir nojo, como alguns vão ao cinema para sentir medo ou à montanha-russa para sentir vertigens. Pagavam o bilhete e aproximavam o nariz do pescoço deles, para os cheirar. Depois tinham a tarde inteira, já afastados, para gozarem o nojo. Para lavar os dentes em casa quinhentas vezes; e a cara, de alto a baixo, com sabão, tudo, tudo, lavado. E o cabelo. Os cheiros ficam mais no cabelo do que noutro sítio qualquer, uma rede apanha o cheiro deles. Devíamos cortar o cabelo por completo depois de sair daqui. O cheiro deles fica até nas sobrancelhas. Devíamos cortá-las.

— Estação de Oranienburger Tor — disse Martha.

— Saímos?

— Sim — respondeu Markus.

15. BERLIM: NOJO

Felizmente temos todos ocupação. Avançamos em direções inumeráveis e, quando a direção que escolhemos foi antes, abruptamente, ocupada pela Natureza, mandamos abrir uma estrada, primeiro, e depois o comércio; e depois, sim, podes avançar, comprar coisas e vender; e mostrar, acima de tudo, que a civilização começa no sapato, que este não é apenas um objeto de comodidade para uma anatomia antiga, mas sim um objeto essencial, que marca uma fronteira, como num mapa vivo, entre o que está debaixo de ti e é estúpido, e o que está acima do que é estúpido e tem um nome e, por vezes, quem diria, chega a ser racional.

Não é tanto uma questão de não roubares ou de encontrares novas formas de não chamar guilhotina à guilhotina — és hábil nos nomes, como um talhante que, em vez de aparar cirurgicamente as vísceras, aparasse palavras com minúcia e conhecesse, de trás para a frente, essa tua arte simpática de desprezar o nojo porque tens nos lábios uma palavra limpinha, sem miudezas escuras, aparada pelo talhante, de um lado, e, do outro, pela empregada doméstica habilitada a transformar com os dedos, se necessário, o pó informe

do chão em recado religioso — se o céu tiver olhos e olhar de cima para baixo, verá, naquilo que parece pó, uma mensagem qualquer; e se for dos homens talvez seja um pedido de socorro; ou, então, de um cidadão mais corajoso, talvez do pó venha uma ordem perante a qual o céu e os seus representantes levantarão os ombros, indiferentes, ou insultarão de cima para baixo, como é de bom-tom quando vindo dos fortes, e como recomenda a velhinha lei da gravidade, que qualquer funcionário menor conhece e respeita. Cortar cabeças ainda vá: mas não te esqueças dos sapatos novos, uma ou outra vez da sinceridade e, acima do mais, mantém um certo brilho: que os outros quando passam, mesmo que apressados, olhem para ti como para o barco que chega, em plena noite, com uma luzinha, uma pequena mas forte luz no topo.
    Martha, Martha, Martha.

16. BERLIM: TÁXI

Markus chama o barqueiro, mas estamos em Berlim: o barqueiro vem de táxi e é rude.
— Onde?
— Para o paraíso — diz Martha.
Markus faz um sinal de entendimento para o barqueiro: deixe-a falar à vontade, diz Markus ao barqueiro sem abrir a boca. Só abre a boca para dizer:
— Danziger Strasse.
— Exatamente: para o paraíso — ri-se Martha. Os dois entram para o assento de trás do táxi.
Martha inclina-se de imediato para a frente, a cabeça quase ao lado do tronco do barqueiro rude.
— Vamos para uma pensão — diz Martha.
Markus puxa-a para trás, para o seu lado, e inclina-se para a frente. Repete:
— Danziger Strasse.
Passam poucos segundos, o rude barqueiro conduz; a sua fealdade é tão evidente que Martha não consegue deixar de olhar para o rosto dele, através do espelho.
De novo inclina-se para a frente:
— Quantas mudanças tem o seu barco? — pergunta Martha; e a pergunta é feita no tom de quem só pode estar a falar de outra coisa, obscena.

Que quer ela, pensa Markus, esta rapariga é doida.
O barqueiro diz para Markus:
— Ou ela se cala, ou vocês saem. Markus pede desculpa.
— Ela é muito nova — diz —, está nervosa. Martha diz que sim com a cabeça:
— Estou muito nervosa — e ri-se.
O táxi avança. Os dois, lá atrás, finalmente calados. Markus abraça Martha. Martha pensa: agora calo-me. E é assim: cala-se e vê, observa Berlim.
Em Berlim as ruas são deliberadamente não sentimentais. Não te podes perder nelas. Vão de um sítio para o outro; começam, têm uma parte a que se chama meio, e têm um final que na verdade nunca o é porque cada rua escorrega para dentro de outras como se a cidade estivesse a diferentes níveis. Uma cidade não tem final, pensa Martha.
Não são ruas, são documentos, são arquivos: sabes onde está cada uma, para onde vai.
— A cidade está tão organizada que se te perderes é porque já estás fora de Berlim — disse Markus.
Martha olhou para ele. Os dois observam as ruas através do vidro.
O barqueiro murmura:
— Diga à rapariga para não raspar a unha no assento.
Martha não reparara no seu gesto. Não queria estragar o bom barco do bom barqueiro; não quer abrir um buraco por onde entre o mar. Em Berlim há medo da água, mas foi o fogo que já deitou abaixo a cidade. Martha recolhe a mão: pousa a unha no pescoço de Markus, faz-lhe cócegas; ele sorri.
— Se fechares os olhos — diz Markus —, os candeeiros de Berlim apagam-se.

Martha ri-se.
— Vou tentar — diz. E fecha os olhos. Com os olhos fechados, pergunta:
— Apagaram-se?
— Sim — responde Markus. — Está tudo escuro. Só o barqueiro sabe por onde vamos — murmura.
Martha ri-se. Levanta as pálpebras.
— Acenderam? — pergunta.
— Sim — responde Markus —, mesmo agora. Fecha os olhos de novo — pede.
Martha obedece. E, com os olhos fechados, diz alto:
— Quando é que me fodes?
Markus manda-a calar, delicadamente. Pede desculpa ao barqueiro. Este não responde. Talvez não tenha escutado.
Martha mantém os olhos fechados. Markus abre a janela.
— Tenta adivinhar em que rua estás pelos sons.
Martha fica calada como se estivesse a tentar escutar, atenta.
Depois diz:
— Não consigo ouvir. Só sinto o teu cheiro.
Markus não responde, acaricia-lhe a perna, aproxima a mão do sexo dela.
— Pelo teu cheiro não consigo saber em que rua de Berlim estamos — diz Martha. — O teu cheiro é sempre igual — continua, mantendo os olhos fechados —, é como se estivéssemos a andar às voltas, em redor da mesma rua.
— Um dos cheiros mais importantes — diz Markus — é o dos caixotes do lixo. Há bairros que cheiram mais a lixo e há outros que cheiram mais a árvore.

Martha está com os olhos fechados.
— Estamos numa zona com árvores? — pergunta Martha.
— Sim, responde Markus, é uma zona rica. Quanto custam aqui as casas?
Markus dirigiu esta pergunta, em voz alta, para o barqueiro.
O barqueiro responde:
— Cem mil vezes o que vais pagar por essa puta.
Markus calou-se. Quase mandou parar o barco; cabrão, pensou, mas calou-se. Virou-se para Martha, sem abrir a boca, fez-lhe um sinal: Deixa.
Martha ou não tinha percebido ou não ligava: o mesmo ar satisfeito e desordenado, como se a sua cabeça estivesse a ser constantemente puxada para um lado de Berlim e depois para outro.
— Foi aqui que aprendi a escrever — disse Martha.
— Faz todo o sentido morrer aqui.
— Atropelada?
— É uma boa morte: atropelada, duas, três vezes. Um primeiro carro, depois outro, que também não me vê, e um terceiro que não tem tempo para parar. Três vezes atropelada, para não ter qualquer possibilidade de ficar em coma, ligada a uma máquina estúpida que não fala comigo e só me deixa viver para não me deixar morrer.
— Três vezes pode não ser suficiente.
— Então, quatro, cinco. Fico disponível no chão, como a receber vários homens, uns atrás dos outros: vários carros por cima de mim, primeiro a derrubarem-me, a partirem-me as pernas, a cabeça, a abrirem-me ao meio.

Markus riu-se com o disparate. Martha sorriu.

— Sim, estou disponível. Como se fosse uma galinha: decidam como me querem comer: degolada e depois assada, com muito picante ou com pouco, posta inteira no forno ou cortada aos bocados. Depois de morta, sou uma galinha: cozinhem-me como quiserem. Estou disponível.

Markus não respondeu. A mão dele estava no sexo dela; Martha apontava para Berlim. Berlim, vês?! É bela, não é?

NOTAS SOBRE O PROJETO DAS CIDADES

1.

Estas três narrativas estão situadas na Europa e centradas no aparente ajustamento, ou no desfasamento forte, entre a grande história e as pequenas vidas. As duas primeiras narrativas foram publicadas em antologias e o último texto, "Episódios da Vida de Martha, Berlim", serviu de base a uma peça de teatro. Há uma certa progressão temporal entre as três narrativas, embora nunca fixada em datas. Os dois primeiros contos, mais centrados em acontecimentos exteriores, e a última narrativa, focada nas sensações da personagem — como se a velocidade dos acontecimentos na Europa, e nestas cidades em particular, fosse diminuindo, tornando-se essencial o impacto interno de pequeníssimos e quase insignificantes fatos. Martha está diante de uma das cidades centrais do trágico século xx, Berlim, como diante de um museu que guarda objetos fundamentais da história da Humanidade, está ali apenas com o seu corpo de jovem mulher. Está viva e tem um corpo.

2.

No livro *Matteo Perdeu o Emprego*, uma das personagens tem um elemento raro da tabela periódica tatuado nas costas, em *braille*, para que um cego conseguisse ler o seu corpo. Nesse livro propus a Tabela das Cidades, uma tabela periódica que — de forma paralela ao desenho do Bairro que dá forma exterior à ideia de um bairro ficcional com personagens com nomes de escritores, filósofos e artistas — torna visível um projeto: o das Cidades; cidades que sempre me pareceram não uma geografia ou uma arquitetura, mas um conjunto de movimentos humanos com uma tensão particular. Não uma coisa parada, portanto, mas um espaço que tem dentro infinitas narrativas que, no seu conjunto, criam uma força com nome próprio — nome de cidade, nome quase de personagem.

O Projeto das Cidades — entre o Reino e o Bairro — procura ocupar, aos poucos, como fazem os indícios, essa tabela periódica urbana com narrativas que se vão infiltrando em cada um dos elementos, como se as narrativas fossem a substância central das cidades; uma substância não material. Se por hipótese utópica fosse possível escutar todas as histórias reais e ainda todas as histórias ficcionais (supondo que estas pudessem ter um limite) passadas numa cidade, ou em redor do seu nome, poderíamos ter algo próximo da sua constituição orgânica.

Projeto, pois, que se põe a caminho de uma certa ciência narrativa das cidades. Ciência imaginária e, também por isso, indispensável.

QUE ESTE LIVRO DURE ATÉ ANTES DO FIM DO MUNDO.

O
oficina
raquel

Este livro foi composto com as tipografias Sabon e ChaletComprime, impresso em papel pólen 90 g/m², pela gráfica Vozes, em agosto de 2021.